RAINBOW | 116

알 듯 모를 듯

황혜란 시집

알 듯
모를 듯

황혜란

초판 발행 2024년 11월 20일
지은이 황혜란
펴낸이 안창현 **펴낸곳** 코드미디어
북 디자인 Micky Ahn
교정 교열 민혜정
등록 2001년 3월 7일
등록번호 제 25100-2001-5호
주소 서울시 은평구 갈현로 318-1 1층
전화 02-6326-1402 **팩스** 02-388-1302
전자우편 codmedia@codmedia.com

ISBN 979-11-93355-21-3 03810

정가 12,000원

알 듯 모를 듯 | 황혜란 시집

제가 쓴 시를 담아 시집을 낸다는 일은 너무나 가슴 벅찬 일입니다.

인생은 마치 끝없이 벼랑 끝을 걷는 여정이었고, 그 여정 속에서 글을 쓰며 시원한 청량수로 갈증을 달랬습니다. 그 여정을 표현한 시가 바로 '접선'입니다. 지난날 바람 따라 수없이 방황할 때, 시는 저를 위로해 주었고 존재의 의미를 알게 해 준 유일한 통로였습니다.

시집을 통해 제가 걸어온 길과 제 마음속 깊은 이야기들을 독자들과 공유하며, 묵묵히 걸어가려 합니다.

2024년 11월
황혜란

차례

1부 이 좋은 날

2부 하늬바람

차례

3부 나는 시인이다

4부   넌 누구니

차례

5부   알 듯 모를 듯

알 듯 모를 듯

가는 길
정점이 어디인지 몰라서
멈춰 섰지만
돌아가는 길은 더 울컥해
뜬구름으로 헤맨다

－「먼 길」중에서

1부

이좋은날

꽃무리

해 맑은 하루의 봄길
햇살과 바람의 뒤척임
꽃들은 간지러워 죽겠단다

온천지는 환희의 박수 소리
차례를 기다리는 홍매화 목련 라일락
새싹들의 설레임 가득하다

접선

바람이
몰고 다니는
지층
배경은
늘
벽이었어
벼랑 끝이었어

꽃가루의
수난에
화농이
앉은 계절
돌연
난
봄을 팔고 있어

해넘이

둘이서 길을 걷다가
해넘이를 보았네
눈이 멈추고
가슴이 머물고
여러 번 묶여있던 마음에
매듭 풀어 꽃그늘이 따라 앉던
그때
명치끝을 짓누르며
일상은 시치미를 떼며 지나가고
그 봄날 소낙비 훑고 지나간 자리
오늘은 떨어진 꽃잎마다
붉은 눈물 뚝뚝
어둠 속에 젖는다

먼 길

깊은 물속 헤아리려
두 손으로 힘껏 길어 올린 두레박
조각조각 구름만 떠 있다

가는 길
정점이 어디인지 몰라서
멈춰 섰지만
돌아가는 길은 더 울컥해
뜬구름으로 헤맨다

밤낮을 돌아 눕는 갈증이
손가락에서 손끝으로
이어지는 통증

그래도 또다시
퍼 올려야 하는 깊은 감정선이 있어
바닥이 출렁인다

그믐달

동구 밖 물레방아
겨울 칼바람에 꽁꽁 언 저녁
뒤뜰 댓잎파리
알몸으로 울어 댄다

객기 부리며 살아온 날 훔쳐다가
하늘 밑에 걸어두고
무시래기 꼬들꼬들 말려
무쇠솥에 푹 삶아낸 세월

짜고 매운맛
돌돌 말아
그믐달 속에 품어
다시 돌아올 수 없는 길

가시 찌르듯 내 살갗에
살얼음 되어 박혀온다

할아버지의 리어카

등 굽은 고양이
새벽이 미끄러진 구석에서
잇몸으로 먹이를 찾고 있다
풍요로움 속에 던져진 세상
가슴속에 숨겨진 호기
후벼낸 깡통에 담아
빈 숟가락으로 아침을 뜬다
오늘도 할아버지 낡은 리어카에선
놓쳐버린 세월 속에 흥겹게 부르는
연분홍 치마가 봄바람에 휘날려가고
종지만 한 햇살 속에 실 같은 백발
뿌리내릴 바닥을 더듬고 있다

비상구

탈출은 희망이었다
생애 마지막인 것처럼
도망치듯 뛰었다

바람도 찬 칙칙한 새벽
내 몸을 버스에 구겨 넣고서야
비로소 환자를 버리고 온 양심이
목에 가시처럼 걸린다

한 시간의 비행은
구름을 뚫고 바다에 내려놓았다
철썩이는 파도 소리에
눈과 귀를 막았다

내 맘대로 살지 못한 시간들
마음에 품은 그리움도 없다
까닭 모를 서러움이 복받쳐
섬처럼 울었다

나를 안아 주는 등대 불빛도 따스하다

천둥소리

장대비 쏟아져
천둥에 찢긴 하늘
넘어지고 일어서고
비틀거리며 아파하던
그 은둔의 슬픔은
빗물에 씻겨 내려간다
가고 오는 길목마다
방황의 흔적들
짓밟혀도 꿋꿋하던
복수초 민들레는
오늘도 흐르는 잔물길 위에서
몸을 비비며 나를 반겨준다

그림자

화계장터에서 만난
벚꽃, 흐드러진 벚꽃의 울음 같은

용정 땅에서 만난
동주의 저녁 같은

역신도 다 물리친
처용의 춤사위 같은
잿빛 하늘에 바람이 분다

온종일 바둥대다 해 질 녘 앙금처럼 내려앉은 내 그림자
가져야 할 것도 잃을 것도 없는데
날마다 갈증으로 목이 마르다

밤이 오는 사이사이 그 길 위에
허물 벗은 내 마른 정강이 밑으로 찬 바람이 분다
날마다 내일도 가고 오는
무거운 내 그림자

가슴앓이

소낙비 퍼붓던 날
허망하게 떠난 어머니
무거운 등짐 내려놓지 못하고
세찬 빗속을 걸어가셨다

큰아들 뇌막염에 가슴 조이고
둘째 딸은 시집 안 간다고 고집부리고
큰딸은 시집살이에 못 살겠다 속 뒤집고
육 남매를 움켜쥔 어머니의 고통이
뜨겁게 타들어 간다

높은 화장장 굴뚝에서도
어머니의 검은 눈물이
소낙비처럼 내 가슴에 흘러내렸다

이 좋은 날

계절은 또 내일을 향해 달리는데
저만치 꽃 무리에 보이는 얼굴
이 좋은 날에 이유도 없이
그리워지는 사람

붙잡지 못할 바엔
그저 으스러지도록 안아보자
먼 훗날 곱게 삭혀갈
연륜의 레일을 향해
민낯으로도 바라볼 수 있는
너와 나

길

이른 아침 촉촉이 내리는 빗소리
젖은 나뭇잎에 아련한 추억들
하나둘 떨어져 가슴에 포갠다

어디쯤 있을 그리운 사람들
흩어진 시간 속에서
보고 싶다는 말보다
수많은 길 위에서
서로를 알아볼 수 있다면
우린 이미 오래된 기억 속에
식지 않은 온기로 남아
그 사랑의 숨결을 느끼며

바람처럼 스쳐가는
시간 속에서 오래 빛나기를

영산강

굽이굽이 흐르는 영산강
뱃고동 소리 뿡 하고 울리면
만선으로 들어오는 홍어잡이 배
덩달아 붐비는 주막마다
웃음소리 환하다
볏짚에 썩힌 홍어 냄새 알싸하게
코를 찌르고
막사발에 막걸릿잔 부딪히는
소리 분주하다
앵두 같은 순이 입술
봉숭아보다 더 붉고 붉어
허세로 가득 찬 이 거리
세느 강의 추억은 아닐지라도
혼자서는 삭이지 못한
영산강의 노랫가락
한 줌 한 줌 걷어 올리는
샛강의 노래

포구 1

미끄러진 듯 미끄러질 듯
묶인 배 한 척이
균형을 몰아쉰다

바다의 끝자락에 떠밀려
휘적휘적
건어 올린 날들
달빛만 만선이다

바람을 잇대고 있는
부어오른 포구에는
그물망에 짜여진 시간들이
질퍽한 숨이 되고

잔기침을 할 때마다
간간한 가락은
뭍을 오른다

연분홍, 그 꽃잎이

겹겹이 감은 상처
핏빛처럼 스며 오르고
어설픈 잡초 같은 대화를
건성건성 나누었다
내 마음은 끝끝내 측은한 거짓으로
자꾸자꾸 추락한다

– 「외면」 중에서

단짝

햇볕이 따뜻한 겨울의 끝자락
가끔씩 말 상대를 찾아 산으로 향한다

이정표 없이도 잘 가는 산길
힘들고 아프다는 말도

무거운 짐을 나누는 말도
햇살과 바람과 나무에게

이야기를 들려준다

소중한 자연과 교감을 나눌 때
비로소 심신의 안정이 찾아온다

절대로 내 모자람을 소문내지 않고
스스럼없이 내 이야기를 들어주는 친구

청정한 약수로 목을 축이고
돌계단 밟고 천천히 내려오면

일상은 터지도록 고운 봄꽃이 된다

외면

핑계가 있는 손님이 왔다
나의 가슴은 차가운 외면의
앞치마를 두르고 평범한 인사를 했다
내 어리석은 생각으로
그의 마음을 헤아릴 수 없으므로
겹겹이 감은 상처
핏빛처럼 스며 오르고
어설픈 잡초 같은 대화를
건성건성 나누었다
내 마음은 끝끝내 측은한 거짓으로
자꾸자꾸 추락한다
꿈도 삼키고
감정도 삼키고
세월도 삼키며
언젠가 지워져야 할 그 빈자리에
더딘 날들의 벽을 넘어야겠다

오이 할머니

비 오는 날
눈 오는 날
바람 부는 날

처마 밑에 좌판 벌인 오이 할머니
깻잎 호박 가지
텃밭처럼 널브러져 있다

비바람에 스친 표피
숭숭 뚫린 구멍마다
골 깊은 사연

마디마디 저린 삭신
빨랫방망이로 자근자근 두들기고
시멘트처럼 굳어진 얼굴
시곗바늘도 멈추었다

할머니
오이 20개 주세요

다문 입 사이로 늙은 오이씨가

노오랗게 듬성듬성

웃는다

작가 김홍신

아담한 키
여자보다 더 미소가 고운 남자
백발의 세월이
아리도록 서늘하다
문학의 혼을 불태운 젊은 날
고뇌와 몸부림으로 부대낀 세월
단 한 번의 풋사랑도
달콤하게 익은 사랑도
마디마디 피로 얼룩진 연서
눈 오는 날은 눈을 밟고
비 오는 날은 우산을 쓰고
건너간다는 집필실 허허롭다
무슨 생각을 하며
갈피갈피마다 채워갔을까
깨알 같은 검은 글자의 언어
강물이 되어 둥둥 떠내려가고
핏자국으로 얼룩진 137개의 문학의 성은
높은 종탑처럼 하늘을 찌른다
살아 있어
더욱 빛나는
문학의 향기

연명 치료

낡아진 몸
나이테로 띠를 두르고
날 선 칼날에
생명줄을 당긴다
땡고추처럼 맵고
짜고 싱겁던 세상
시리도록 푸른 날에 악착같이
기어오른 담쟁이
야금야금 이슬을 먹었다
방울방울 떨어지는
수액의 반란
혈관도 거부하는 투석
수족관 쉬리가
몸부림친다

정육점

눅눅한 아침
너의 몸뚱이가 널빤지 위에
벌거벗고 누워있다
산적 같은 칼잡이
쪽수대로 잘라 등급을 매기고
잘린 살점들은 조금씩 떨고 있다
네가 죽어
우리가 포식할 수 있는
악연의 운명

"어서 가
용서할 수 없거든
서럽게 울고 가거라"

계산적인 정육점 저울
눈을 부릅뜬 채
무게는 두 바퀴가 넘었다

이팝 꽃

초록빛 잎새에 눈꽃이 환하다
기다림도 설렘도 햇살에 걸어두고
오가는 사람들 속삭임에
올곧게 앉아 정겨운 입맞춤으로
토닥여 준다
가끔씩 까치도 와서
까악까악 시샘 부리며 쪼아 댄다
이팝 꽃 하얀 꽃잎들은
서서히 삶의 무게가 가벼워진다

선별진료소의 하루

가랑비에 젖은 머리카락
칡넝쿨처럼 늘어진 선별소
방전된 잔기침 소리에 목이 탄다

저 멀리 허름한 상가
돌 판에 달궈진 삼겹살에 막걸리 한 잔
땀과 눈물로 안주하던 하루
떠밀리는 시간

다가오는 시간의 불안함도
방울방울 맺힌 꽃 눈물로
봄 마중 가잔다

친구야

산등성이 오르고 보니
홀연히 혼자다
바람이 분다
바람 소리도 무겁다
함께 올려다보며
걸어왔던 길 내려다보니
그 길은 고요뿐이다
발자국 찍으며 눈 둘 곳 없어
먼 하늘만 바라본다
구름의 요동함은
나에게 뭔가 알려 주는데
난 모르겠다
왜 오늘은 혼자인지

멍텅구리

머리에 쥐 난다
다리가 아니고
돌 같은 머리다

밤새
머릿속을 다 뒤집어도
멍만 때린 돌머리다

시를 쓴다고
시인이라고 자랑질하던
그 허세는 다 어디 가고
기가 점점 죽어간다

남들은 대상이니 우수상이니
상복도 많은데

공들이지 않고 허상만 좇다가
숨만 탁탁 막혀 말도 안 나온다

백지 위엔 까만 볼펜만이

또르르 머리를 굴리고 있다

동거

꽤나 오랜 동거였다
둥글게도 모나게도
각기 다른 모습으로
운명을 배반하진 않았다

함께 사는 동안
많이 미워도 했고
허물 많았으나
넉넉한 삶으로 채워지길 원했다

먼 길 돌아와
입과 귀를 막고 살아온 날
어느새 해는 서산마루에 지고
붉은 노을 서럽게 운다

후미진 뒷골목엔
노오란 호박꽃도
소리 없이 웃어준다

하늬바람

실바람 하늬바람 부는 밤
실비 오는 소리에
행여 님이 오실까
마음 졸이네
풀 향기 봄 내음
풀피리 소리로 마음을 흔들면
당신은 그 어디쯤 있을까
초록빛 가득 담아
빛 고운 풀잎으로 돌아오세요
아침 이슬 털고
반짝이는 산그림자로
맑고 깨끗하게 돌아오세요
푸르름 사이로 보이는 얼굴
가슴 저리게 흔드는 그리움
찬란하게 안개비로 오세요

새벽 별

너는 나의 새벽이다
어둠 속에서도
한 줌의 빛이 되고
흔들리는 바람 속에서도
꺾이지 않게 지탱해 준
강인함도 알았다

세월의 무게가
내 어깨를 누를 때
나를 감싸주며
나를 견딜 수 있게 해 주었다

이제 아름답게 피어나
꽃길을 걷고 있지만
내 마음속엔 언제나

고맙고
감사하고

너의 존재만으로

나에게 큰 빛이 되어주어서

어울림

푸른 하늘 아래
서로 다른 색들로
하나의 그림을 그린다
어울림의 조화 속에
붉은 장미의 열정
노오란 해바라기의 웃음
초록 숲의 숨결이
서로의 경계를 허물고
다채로운 삶의 빛깔로
서로를 다독인다
가끔은 어둠이 찾아 와 회색 구름이
드리워지면
빛나는 무지개
희망의 메시지
어울림의 색깔들

서장대에 올라

가슴이 가끔 들숨일 때
팔달산 정상 서장대에 오른다
정면 세 칸 측면 세 칸의 중축 누각
쇠뇌를 쏘아대던 군사적 요충지
정조대왕의 친필
화성장대 건물 사이
능선 따라 오르는 달빛 희미하다
쉼 없이 흐르는 시간
방화수류정
흐르는 불빛 고요하고
화성행궁 넓은 광장
백성들의 옛이야기 묻어있다

망망한 허공이라도
참새 떼처럼 수많은 사건들
그중에 한 이름 불러도

들키지 않으니
나는 혼자가 좋다

－「나는 혼자가 좋다」 중에서

3부

나는
시인이다

돌아가는 길

　사각의 틀에 끼인 얼굴 어디서 왔다가 어디로 가는지 한지를 풀칠한 듯 불 밝힌 전광판만 꺼졌다 켜졌다 허공의 길을 밝힌다 차마 아꼈던 말들은 촛농이 되어 눈물로 흐르고 빈손에 쥐여준 국화꽃 한 송이가 출구 없는 이별을 배웅한다 밤하늘의 별이 될까 달이 될까 당신과 나의 뒷이야기 그 후 생에 묻는 멀고 긴 안부

생명의 가치

주방 창가를 맴도는 물체
출구를 찾지 못한 채 곡예를 한다
무심히 마주친 너와 나
어제 내 집에 들어와
운 좋게 내 손에서
빠져나간 왕벌이다
긴장된 경계 태세
보복인가
조롱인가
운 좋게 살아남은 재롱인가
사정없이 후려쳤던 미안함
그래
이 세상에 귀한 것은
사람만이 아닌 것을

초딩 동창회

오늘은 초딩 모임 삶에 문패를 달고
서울에서 대전에서 노구를 끌고 온다
마주친 얼굴마다 생소해서
유년의 퍼즐로 허물을 벗긴다
너를 보면 거울 속에
내가 있는 것을
나 아닌 너만 살아있는 것 같아
가슴 아리다
누가 이렇게 공평하게
나눈 삶의 방정식인가
막걸리 한 잔에 취해 가는 호기
순대국밥집이 시끄럽다

안부

아침이면
너와 나
하루를 잘 살았나
안부를 전한다

다리가 아프다고
허리가 아프다고
준비 없이 마주하는 통증에
억울해서 운다

그 옛날 장미꽃이 흐드러진 날엔
넌 멋있는 주인이었고 예쁜 공주였지

이제 소낙비 세차게 불어
꽃씨들 맥없이 떨어진 날
다져진 연륜의 여생을
동행해야 하는 너와 나

자목련 노을

그 봄날 소낙비 훑고 지나간 자리

길을 걷다가 해넘이를 보았네

눈이 멈추고, 가슴이 멈추고

묶여있던 마음이 매듭 풀어

꽃그늘 따라 앉던 그때처럼

명치끝 짓누르며

첫사랑 시치미 떼며 가버렸다

자목련 떨어진 자리마다

붉은 눈물 뚝뚝

어둠 속에 젖는다

나는 시인이다

그냥
하늘을 보고
땅도 보고
새소리를 들으면서
끊임없이 쓰고 있다

무언가 만들고 싶은
내 마음속은
꺼내지도 않은 비밀만 있어
참 어렵다

시인은 참 든든하다
내 깊은 감정을 꺼내서
자랑도 하고
숨기기도 한다

파묘를 하고

분명 거기,
어머니의 무덤엔
따뜻한 온기와
미소가 있었다

차가운 납골당
비문 하나 자랑삼아
또박또박 새겨진
6남매의 이름

쓸쓸하고 보고 싶을 때
건너와 안아 주셨을
그 빈자리

풀꽃 하나
심지 못하고
흔적도 없는 빈손으로
모래성만 쌓았네

오늘

서해대교 지나
행담 휴게소
떡밥 먹이 없이
걸려든 물고기들

빨강 파랑 노랑 옷 입고
어디에서 왔나
어디로 가는 걸까
맑은
빈 바다 달빛에
번득이는 물비늘

용케도
빠져나가는
무리들의 긴 행렬

자박자박 떠나는
긴 여정

고향집

까치가 운다
무심코 바라본 나뭇가지
우중충한 빈 하늘뿐이다

까치가 울면
반가운 소식이 온다는데
잔잔한 기쁨과 슬픔이
혼돈으로 춤을 춘다
눈 감으면 보이는 내 고향집
유난히도 빗소리가 후드득거린 양철 지붕
듬성듬성 덮어놓은 기와 돌담
새파란 금잔디가 융단처럼 깔려 있는
작은 화단 그리고
오동나무 꽃들이 둥둥 떠 있어
우물 속은 하늘을 담은 거울이었다

굳게 닫힌 철 대문 위로
내 첫사랑 까까중머리
초승달처럼 비칠 때

내 아린 가슴 몰래 숨어

빗자루로 꾹꾹 쓸어내린다

나는 혼자가 좋다

나의 생각을 박박 긁어도
들키지 않으니
나는 혼자가 좋다

사랑 한 줄 미움 한 줄
원망 한 줄을 밑줄 치며 진저리 쳐도

들키지 않으니
나는 혼자가 좋다

멀어져 가는 시간 속에
달려오는 이야기들
망망한 허공이라도
참새 떼처럼 수많은 사건들
그중에 한 이름 불러도

들키지 않으니
나는 혼자가 좋다

봄 길에서

그 많던 낙엽들은
어느 시인의 손끝에 꽃이 되어
철없이 고개 숙여 올라오는 고사리를 보고
철쭉은 연분홍 웃음을 웃는다
나는 생각 없이 걸었는데
새 한 마리 놀라
솔잎을 딛고 박차 오른다
송홧가루는 안개처럼 흩어져 버리고
모진 세월을 견뎌온 소나무 가지에선
조심스레 어린싹이 얼굴을 내밀고
봄볕을 확인한다

나무

너희는 새벽이라는 문장
어둠을 만드는 별처럼
내 주위를 드리운 빛
무심히 서 있는 나무 한 그루
까치발로 와
흔들리는 발 끝에 잔뿌리가 되었지
바람이 꺾어 간 자리는
연둣빛 이파리의 기록
강물이 쓸고 간 밑동은
홍조빛 새살의 언어
묵상이 된 날들
흐르고 흘러서 숲이 되었지

뜨개질

한 땀 한 땀
실타래 엮어
추억의 조각들을 꿰맨다
수채화처럼 아름다웠던
소중한 시간들
젖은 길 위에 남은 발자국
따스한 온기 내 몸 감싸고
나의 삶에 조각들
사랑의 실로 한 땀 한 땀
수를 놓는다

옷장

빗장을 열면 연둣빛 스웨터
따스한 햇살 품고 어깨에 걸쳐보면
기분 좋은 설렘
부드러운 실크 드레스
꽃잎처럼 화사하게
차가운 겨울을 잊게 한다
옷장 속 오래된 이야기들
하나씩 꺼내면
친구의 웃음소리
햇살에 쏟아져
새로운 나를 만난다

알 듯 모를 듯

옷깃 허전한 날
보슬보슬한 품속에서
너를 찾는다

－「네 잎 클로버」 중에서

4부

넌 누구니

풀꽃

바삐 걷다가
길가에 핀 너를
사정없이 밟고 말았다
햇살과 바람과 노닐고
겨우내 찬바람에 뿌리박고 살았는데
어쩌자고 사랑도 정도 주지 않고
목숨까지 앗으려는지 원망이다
몸 안에 냉기가 싸늘해 온다
입만 열면 시끄러운 세상
예쁘게 살라고 입 다물고 있는데
해걸음 간이역 지나는 기차 소리
발자국마다 아픈 상처 꿰매듯
울어대는데
오늘도 내일도 만나야 할
이름 없는 풀꽃

네 잎 클로버

옷깃 허전한 날
보슬보슬한 품속에서
너를 찾는다

둥둥 떠다니던 내 어린 날
내 손에 쥐여주신
엄마가 준 네 잎 클로버

6남매 키워 시집 장가보내고
장에 가서 꽃신 사 주시던 날
밤꽃 바라보던 그 시절

이제는
굽어진 허리
주름진 손등 위로 눈물이 고인다

하늘도 울던 날
시린 내 마음
보듬어 준 우리 엄마

천상의 노래

어쩌나요
내 영역에 깃발 꽂아두고
바삐 걸어온 길
벌컥벌컥 마셔버린 세월 속에

아프고
시리고
눈부신 날들
고랑마다 파인 상처로 남았네

가야 할 길
그리 멀지 않아
뒤돌아본 푸른 산

내 생애 남아 있는 욕심
훌훌 털어 연무로 날리고

가는 길
곱디곱게

젖은 노을 위에 서서

천상의 노래로
이별의 노래를 부르네

달래

추운 겨울 버티다
봄 햇살에 세상 구경 나왔더니
봄날 입맛 없다는 아씨
무 자르듯 싹둑싹둑 잘라
깨소금에 참기름 넣어 달래장
만든다고 비벼대네
목련 동백 진달래
꽃향기도 좋으련만
내 아픈 마음 아무렇지도 않게
뿌리째 뽑아 잘근잘근 먹어대니
봄날이 서럽기만 하다

숲

긴 숲의 터널
낯선 사람들의 행렬

진달래 꽃물 든
덩그런 빈 의자에
어떤 이야기들 놓고 갔을까

욕심껏 마셔본
숲의 향기

햇살 따라 배부르다

봄비에 젖어가는 꽃잎 위에
내 아련한 추억도

촉촉이 젖은 그리움도
하늘도 파랗다

텃밭

어젯밤 땅 3평을 샀다
서늘한 아침
새벽바람의 운기
서서히 떠오르는 아침 햇살
한 평은 쪽파를 심고
한 평은 상추 쑥갓을
또
한 평은 얼갈이배추를 심자
쪽파밭은 큰 딸
상추밭은 작은 딸
얼갈이 배추밭은 아들에게 분양
생각만 해도
신나고 배부르다
베란다 빈 사과 박스 3개
쪽파 상추 얼갈이가
쑥쑥 자라면
기쁨과 행복이 넘치는
텃밭

부부

거울 앞에 섰다

쭈글쭈글한 낯선 얼굴 슬프게 웃는다

지난날 따뜻한 햇살 아래

넌 분명 멋진 남자였고

난 분꽃 냄새나는 예쁜 여자였지

서산에 해지고 대롱대롱 매달린 홍시 하나

까치 올까 기다리는데

마주 본 두 얼굴 너무 곰삭아

알아보기 힘든 날 온기마저 식어버린

차가운 손등 나무껍질처럼 두텁다

가는 길 언제인지 몰라도

그중 하나 없어지면 못다 이룬 꿈 때문에

어쩌나

어쩌려나

꽃목걸이

온통 꽃밭이다
장미
국화
안개꽃
우르르 쏟아지는 꽃다발
대상 최우수 장려상
이름표를 달고 달달하게 서 있다

읽고
쓰고
지우고
가슴 시린 이야기도
하얀 메밀밭에
씨를 뿌린다
봄날 새싹을 기다리듯
내 마음도 단비 내려
꽃목걸이 하나 달고 싶다

낯선 얼굴

여섯 개의 왕 눈이
내 전신을 훑고 있다
산 채로 목숨을 맡겼다
사그락사그락 대는 놋쇠 소리
심장은 쿵쾅쿵쾅 뛰고
혈압도 이백을 넘었다
구멍 난 흰색 천이
내 얼굴을 덮자
비닐 모자를 쓴 낯선 얼굴이
거꾸로 보인다
드디어 자르고 찢고 꿰매고
난 그만
눈을 감고
죽어 가고 있었다

얼음꽃

칼바람에
흔들리는 겨울나무
바르르 떨고 있다

나목의 옹이마저
삭정이로 변해
휘청이는 나무 등에
빈 껍데기로 매달려

설산에 견뎌온
청솔 가지 맺힌 눈물
얼음꽃으로 피어

새벽달도
꽁꽁 얼어
갈 곳 잃고 헤맨다

넌 누구니

내 마음 온통 흔들려

너를 기억할 수도

안을 수도 없는데

스멀스멀 다가오면

난 어쩔 수 없어

초승달 기우는 밤

청솔 나무 걸린 달 이야기

동강동강 잘라먹고

산골 집 아궁이에

군불 지피던

옛 기억도 희미한데

자꾸만 오라고 손짓하는

봄날이구나

포구 2

고등어 푸른 달빛
포승줄에 묶인 배 한 척 바라보며
어금니 빠진 할미들
돌아오지 않는 언약 손꼽아 기다린다
버려야 할 육신의 고통
밤새 곰삭은 눈물 그렁그렁 매달고
안주 삼아 퍼 올린 강물에
피멍 든 가슴
앙금이 가라앉은 포구
비릿한 생선 냄새 코를 찌른다

달빛 야곡

커튼 사이로 투명한 달빛
꽃처럼 포만된 웃음
제각기 다른 빛깔로 살며
무엇에 대한 욕심이나
해야 할 목적도 없는데
낮게 새어드는 달빛 아래
나는 또 일상의 고삐를
조여 본다

내 마음에 고요히 맺힌다
차가운 바람에 스미는 빗방울은
언젠가 떠난 이의 발자국 소리
그리움의 무게를 실어

-「가을비」 중에서

5부

알 듯
모를 듯

홍매화

젖가슴 봉긋봉긋 수줍게 풀어놓고 다홍치마 포개 입은 엉덩이 씰룩씰룩 속눈썹 취한 눈빛 앵두 같은 입술로 실 같은 나뭇가지에 낭창낭창 걸터앉아 오가는 길손마다 방실방실 화답한다 봄날에 자드락길 꽃무리로 곱게 피어 흩날리는 바람결에 살랑살랑 꽃향기로 취해본다

수다 방

애들아 불났니
누가 시집 장가라도 가는 거니
왜들 모여서 시끌벅적
하늘을 쪼아대는 거니
참, 너희들은 집 걱정 돈 걱정 안 해서 좋겠다
넓은 하늘 훨훨 날아다니다
바람처럼 간질이는 사람 만나
짝짓기하면 되잖아
어림없는 소리라고
회색빛 하늘이 무너지는 이별이 있고
털갈이를 기다리는 인고의 시간이 있다고
아, 그렇구나 그랬구나
우리와 똑같은 세상인 걸
그러나 오늘은 그만
쉿
조용히

부초

가랑비에 젖은 머리카락
칡넝쿨처럼 늘어진 선별소
굴비 엮듯 잡혀가는 어시장
방전된 잔기침 소리 목이 탄다
허세와 번뇌를 삼키는 하루
막걸리 한 잔에 불판에 달궈진
삼겹살이 소금에 절인
땀과 눈물로 안주 한다
떠밀리는 시간
다가오는 시간도
부초처럼 흐느적거리고
봄비 맞은 잎에는
꽃눈 물로 봄 마중 가잔다

신호등

시야가 흐리다
안개비가 내리는지.
흰 눈발이 날리는지.
온통 희부연한 거리
둘이었다가
셋이었다가
하나였다가
종잡을 수 없이
백미러는 춤을 추는데
더듬거리는 발길은
밤비 젖은 논두렁길만
헤맨다
하늘도 온통 캄캄하다

하룻밤

한밤중 문틈으로 날아온 나방 한 마리
위아래 안절부절 사투를 벌이더니
오늘은 포기한 듯이 날개를 접는다

너인가 나인가 알 수 없지만
어차피 그림자는 문밖의 반란
맥없는 전등불 아래 새벽이 파랗다

그 길은 너나없이 맴돌다 떠나는 길
어둠을 벗어나면 내일이 있는 걸까
숨죽인 날개를 따라 달맞이꽃 훔친다

가을비

가을비가 촉촉이 내린다

나무에 맺힌 잎사귀처럼

내 마음에 고요히 맺힌다

차가운 바람에 스미는 빗방울은

언젠가 떠난 이의 발자국 소리

그리움의 무게를 실어

떨어지는 작은 물방울들은

잊지 못한 기억의 흔적이다

가을비는 시린 마음을 적시고

허공을 스치는 한숨에 닿는다

언젠가 끝날 이야기처럼

이 비도 곧 멈추겠지

그러나, 빗방울 속에 숨겨진 말들은

늘 우리 곁에 남아

비 온 뒤의 하늘 아래서도

잊지 못할 이야기를 흘러내린다

백내장

시야가 젖는다
안개비가 내리는가
눈발이 날리는가
뿌연 점이었다
잿빛 원이었다
추락하는 거리
종잡을 수 없는
백미러가 흔들리며
더듬거리는 골목
수정체에 내려앉은
노년의 비행 물체

대물림

아들아 전화도 못 하니

무소식이 희소식이어요

미안한 아들의 웃음이 아프다

아무것도 줄 수 없어

가난만 대물림해 준 미안함

목마름도 헤어짐도 채워 주지

못해 마음이 시리다

아들아

세상에서 하나뿐인 내 아들아

주어도 더 주고 싶은 것이 부모지만

재산 때문에 싸우는 형제들보다

비굴하게는 살지 마라

일상을 정직하게

기워가다 보면

따뜻한 봄날이 오겠지

엄마는 너를 믿는다

그리고 많이 사랑한다

알 듯 모를 듯

마른 잎에서 푸른 물이 오르는
혼자 생각하다
혼자 웃다 울어 버리는
내 이름이 뭐지
미움도 담았다 버리고
사랑도 담았다가
강물로 토해 버리는
내 마음은 어디지
감청빛 새벽이 올 때까지
창문을 여닫는
엄마도 누나도 아니고
애인도 친구도 아닌데
노란 달맞이꽃을 마중하는

도토리

가파른 고갯길을 숨차게 오르는데

노을 끝에 앉아 있는 도토리 무리들

단단한 껍질을 열면 쓰디쓴 뒤안길의

텁텁하고 떫은맛 결정의 산세를 헤매기도 했을

벼랑 끝 협곡을 지나 이제야 말랑해진 삶

못난이 인형

얘
밀지 마
못난이 노랑머리야
뭐라고
난 불란서 파랑 눈이야
넌 몇 살이니
넌 이름이 뭐야?
주인아줌마
장 보따리가 들썩들썩
야!
시끄러워
이마에 반창고를 거꾸로 붙인
깡패가 왕 눈으로
째려본다
에궁
무서워
너랑 나랑
내일이면 팔려 갈 텐데

두 마음

설렁탕 먹으러 간다 하고
숯불에 잘 구운 삼겹살 생각하며
어시장 가서 낙지 전복 먹자더니
달랑 오징어 홍합 집고
되돌아온 빗길 속
백미러에 좌회전 우회전
정신 줄 잃게 하네
빗소리에 들리는
엄마의 목소리
예스다 노다 한 마음으로
살아라 귓전에 맴돌고
막상 두 마음 큰 저울로
달아야 할 결혼은
한 방에 쏘아버렸네

바람 부는 날

바람이 불어온 길목
자유로운 영혼
흩날리는 기억 안고
햇살 아래 그늘을 찾는다
바람의 속삭임
푸른 들판 노오란 꽃들
따스한 햇살 아래
자유롭게 춤을 춘다
이 순간
너는 나의
옷자락 훔쳐가는
나의 동반자

앵두나무

봄바람에 살랑대는
앙증스러운 앵두나무

어린 시절 친구들과 따 먹던
달고 시고 떫은
앵두나무 우물가에 바람난 동네 처녀
소곤소곤대다
장대 같은 울 엄마 눈 치켜뜨고
몽당빗자루 휘두르면
돌아 돌아 다시 허물 벗은
앵두나무 사랑

시인의 시는 단아한 서정과 아름다운 삶의 여정을 중심축
으로 전개하고 있다. 나약한 이들의 침묵을 음성으로 듣게
되는 시인의 사려 깊은 배려가 하찮은 소시민의 삶을 일으
켜 세우는 아름다운 세상을 열어내게 한다.

–「작품 해설」 중에서

작품해설

단아한
서정과
아름다운
사람의 여정

글 지연희

단아한 서정과 아름다운 삶의 여정

지연희 (시인, 한국여성문학인회이사장역임)

　　문학은 쓰는 사람이나 읽는 사람이나 경이로운 언어에 취하고 경이로운 문장에 매료되곤 한다. 그 누구도 강제하지 않는 늪에 빠져 어느 하루도 쉼 없는 활자와의 싸움으로 문학은 문학인으로 성립되는 기쁨을 누린다. 특히 시문학에 전념하고 있는 시인들의 시 정신은 좋은 시를 쓰는 욕망으로 열병을 앓고 있는 사람들이다. 하지만 손전화 하나면 세상 모든 정보를 실시간으로 공유하는 시대를 살고 있다. 또한 글로벌 AI가 글을 쓰는 시대에 팔리지 않는 시집을 꿋꿋하게 출간하는 시인들의 자존이 경이로운 일이다. 한 번 시인은 영원한 시인인 탓이다. 첫 시집을 출간하는 황혜란 시인은 계간 『문파』에서 시인으로 등단하여 열심히 창작활동을 하고 있는 시인이다. 시인의 시는 단아

한 서정과 아름다운 삶의 여정을 중심축으로 전개하고 있
다. 아프고 힘겨운 그럼에도 단단한 사고의 꿋꿋함이 자랑
스럽다. 더불어 최선을 다하는 노력의 깊은 열정을 지니고
있어 훌륭한 시를 보다 더 창작하리라는 기대를 하게 된다.

해 맑은 하루의 봄길
햇살과 바람의 뒤척임
꽃들은 간지러워 죽겠단다

온천지는 환희의 박수 소리
차례를 기다리는 홍매화 목련 라일락
새싹들의 설레임 가득하다
                    − 시 「꽃무리」 전문

등 굽은 고양이
새벽이 미끄러진 구석에서
잇몸으로 먹이를 찾고 있다
풍요로움 속에 던져진 세상
가슴속에 숨겨진 호기
후벼낸 깡통에 담아
빈 숟가락으로 아침을 뜬다
오늘도 할아버지 낡은 리어카에선
놓쳐버린 세월 속에 흥겹게 부르는
연분홍 치마가 봄바람에 휘날려가고

종지만 한 햇살 속에 실 같은 백발
뿌리내릴 바닥을 더듬고 있다
　　　　　　　－ 시 「할아버지의 리어카」 전문

　봄은 생명의 계절이다. 동토의 계절을 벗어난 새 생명의
신비로운 역사를 시작하는 거룩한 환희의 축복이다. 시 「꽃
무리」는 땅속 저 깊숙한 어둠의 맹지에서 가냘픈 숨을 키
우던 생명의 역사를 더듬어 빛을 맞이하는 시인의 설렘이
다. 온 천지에 환영의 박수 소리가 들리고 매화 목련 라일
락이 부스스 눈을 뜨는 개벽의 문이다. 온갖 새싹의 수군거
림이 가득한 시인의 마중이 계절의 한 시절을 시작하고 있
다. 시 「할아버지의 리어카」는 등 굽은 고양이의 초췌한 육
신이 새벽을 여는 암울한 현실을 짓고 있다. 먹이를 찾는
피폐한 고양이가 빈 숟가락으로 아침을 뜨는 리어카 할아
버지의 생존을 동일시하고 있다. 굶주린 고양이와 궁핍한
리어카 할아버지는 동일시되어 하나의 객체로 존재하게
된다. '오늘도 할아버지 낡은 리어카에선/ 놓쳐버린 세월
속에 흥겹게 부르는/ 연분홍 치마가 봄바람에 휘날려가고/
종지만 한 햇살 속에 실 같은 백발/ 뿌리내릴 바닥을 더듬
고 있다'

사각의 틀에 끼인 얼굴 어디서 왔다가 어디로 가는
지 한지를 풀칠한 듯 불 밝힌 전광판만 꺼졌다 켜졌
다 허공의 길을 밝힌다 차마 아꼈던 말들은 촛농이
되어 눈물로 흐르고 빈손에 쥐여 준 국화꽃 한 송이
가 출구 없는 이별을 배웅한다 밤하늘의 별이 될까
달이 될까 당신과 나의 뒷이야기 그 후 생에 묻는 멀
고 긴 안부

– 시 「돌아가는 길」 전문

그 봄날 소낙비 훑고 지나간 자리

길을 걷다가 해넘이를 보았네

눈이 멈추고, 가슴이 멈추고

묶여있던 마음이 매듭 풀어

꽃그늘 따라 앉던 그때처럼

명치끝 짓누르며

첫사랑 시치미 떼며 가버렸다

자목련 떨어진 자리마다

붉은 눈물 뚝뚝

어둠 속에 젖는다

– 시 「자목련 노을」 전문

시 「돌아가는 길」은 사각의 틀에 끼인 얼굴의 존재가 누구인지 알 수 없지만 '당신과 나'라고 하는 관계는 성립된다. 생사를 나누는 돌아올 수 없는 이별의 아픔이어서이다. '허공의 길을 밝히는 차마 아꼈던 말들은 촛농이 되어 눈물로 흐르고 빈손에 쥐여준 국화꽃 한 송이가 출구 없는 이별을 배웅한다'는 것이다. 이별의 슬픔과 아쉬움이 교차하는 '돌아가는 길'은 먼 훗날 당신과 나의 뒷이야기로 남기는 멀고 긴 안부이다. '그 봄날 소낙비 훑고 지나간 자리/ 길을 걷다가 해넘이를 보았네'로 시작하는 시 「자목련 노을」은 오랜 세월의 흐름 속에서 불현듯 첫사랑과 마주친 감성의 설렘이다. '해넘이'라는 시공간으로 사물화한 옛사람을 만나며 시인은 '눈이 멈추고, 가슴이 멈추고' 하는 놀라움을 감출 수 없었다. 그러나 '해넘이'는 '묶여있던 마음이 매듭 풀어/ 꽃그늘 따라 앉던 그때처럼/ 명치끝 짓누르며/ 시치미 떼며 가버렸다'는 것이다. 첫사랑의 잊히지 않는 순연한 아름다움이 그려진 추억 속의 단상이다.

바삐 걷다가
길가에 핀 너를
사정없이 밟고 말았다
햇살과 바람과 노닐고
겨우내 찬바람에 뿌리박고 살았는데

어쩌자고 사랑도 정도 주지 않고
목숨까지 앗으려는지 원망이다
몸 안에 냉기가 싸늘해 온다
입만 열면 시끄러운 세상
예쁘게 살라고 입 다물고 있는데
해 걸음 간이역 지나는 기차 소리
발자국마다 아픈 상처 꿰매듯
울어대는데 오늘도 내일도
이름 없는 풀꽃

– 시「풀꽃」전문

추운 겨울 버티다
봄 햇살에 세상 구경나왔더니
봄날 입맛 없다는 아씨
무 자르듯 싹둑싹둑 잘라
깨소금에 참기름 넣어 달래장
만든다고 비벼대네
목련 동백 진달래
꽃향기도 좋으련만
내 아픈 마음 아무렇지도 않게
뿌리째 뽑아 잘근잘근 먹어대니
봄날이 서럽기만 하다

– 시「달래」전문

풀꽃의 항변이다. 어쩌다 밟고만 연약하기 짝이 없는 풀
꽃이 무참하게 짓밟힌 것이다. 가열한, 어이없는 짓밟힘의

폭력을 향한 꽃들의 시위를 읽게 된다. 무력한 대상에 가해
지는 무조건의 행패는 비단 거리에 피어난 풀꽃들의 아픔
만이 아니라는 암시를 시 「풀꽃」은 제시하고 있다. 나약한
이들의 침묵을 음성으로 듣게 되는 시인의 사려 깊은 배려
가 하찮은 소시민의 삶을 일으켜 세우는 아름다운 세상을
열어내게 한다. 시 「달래」는 봄날의 정취를 흠뻑 쏟아내는
시편이다. 봄 햇살에 솟아난 파릇한 달래장이 잃었던 입맛
을 깨우는 봄나물의 풍미를 한층 더 높이고 있다. '봄날 입
맛 없다는 아씨/ 무 자르듯 싹둑싹둑 잘라/ 깨소금에 참기
름 넣어 달래장/ 만든다고 비벼대네' 봄날은 생각만으로도
입맛을 지키는 나물들이 많지만 그중 달래 나물은 일품이
라는 것이다. 향기 가득한 달래 장맛은 숨죽였던 겨울 한파
를 깨우는 봄날의 전령사라고 한다.

긴 숲의 터널
낯선 사람들의 행렬

진달래 꽃물 든
덩그런 빈 의자에
어떤 이야기들 놓고 갔을까

욕심껏 마셔본
숲의 향기

햇살 따라 배부르다

봄비에 젖어가는 꽃잎 위에
내 아련한 추억도

촉촉이 젖은 그리움도
하늘도 파랗다
                    - 시「숲」 전문

칼바람에
흔들리는 겨울나무
바르르 떨고 있다
나목의 옹이마저
삭정이로 변해
휘청이는 나무 등에
빈껍데기로 매달려있다
설산을 견뎌온
청솔가지 맺힌 눈물
얼음 꽃으로 피어
새벽달도 꽁꽁 얼어
갈 곳 잃고 헤매다
                    - 시「얼음 꽃」 전문

숲은 인류의 고향이다. 수백만 년 전부터 숲에서 살아온
인류는 오늘에 이르기까지 언제나 태생적으로 숲을 그리

워한다는 것이다. 숲은 인류의 생명을 살아 숨 쉬게 하는
피톤치드 항균을 발산하는 최강의 산물이며 그러므로 쉼
없이 우리는 유리창 문을 열어 숲을 바라보며 살고 있다.
황혜란 시인의 시 「숲」은 '긴 숲의 터널에 낯선 사람들의 행
렬'을 열어 주고 있다. 진달래 꽃물과 욕심껏 마셔본 숲의
향기며, 봄비에 젖어가는 꽃잎 위 아련한 추억도 숲으로부
터 존재하게 한다. 시 「얼음 꽃」의 공간도 숲에서 벗어날 수
없는 운명을 지니고 있다. 칼바람에 흔들리는 겨울나무와
나목의 옹이도 숲이 고향이다. 그러나 시 「얼음 꽃」의 역사
는 설산을 건너온 겨울나무의 휘청거리는 인고의 삶을 감
당하게 한다. '칼바람에/ 흔들리는 겨울나무/ 바르르 떨고
있다/ 나목의 옹이마저/ 삭정이로 변해/ 휘청이는 나무 등
에/ 빈껍데기로 매달려있'는 고난의 시간을 그려내고 있다.
청솔가지에 맺힌 눈물, 얼음 꽃으로 피어 갈 곳 잃어 헤매
고 있는 역경을 짊어진 아픔이다.

시야가 흐리다
안개비가 내리는지.
흰 눈발이 날리는지.
온통 희부연한 거리
둘이었다가
셋이었다가

하나였다가
종잡을 수 없이
백미러는 춤을 추는데
더듬거리는 발길은
밤비 젖은 논두렁길만
헤맨다
하늘도 온통 캄캄하다

　　　　　　　　　　　- 시 「신호등」 전문

가파른 고갯길을 숨차게 오르는데

노을 끝에 앉아 있는 도토리 무리들

단단한 껍질을 열면 쓰디쓴 뒤안길의

텁텁하고 떫은 결정의 산세를 헤매기도 했을

벼랑 끝 협곡을 지나 이제야 말랑해진 삶

　　　　　　　　　　　- 시 「도토리」 전문

'시야가 흐리다/ 안개비가 내리는지/ 흰 눈발이 날리는
지/ 온통 희부연한 거리/ 둘이었다가/ 셋이었다가/ 하나
였다가' 시 「신호등」의 가늠할 수 없이 중심을 잃어버린 갈
등의 순간을 들려준다. 종잡을 수 없이 백미러는 춤을 추고
더듬거리는 발길은 밤비 젖은 논두렁길만 헤매고 있다. 하

늘이 온통 캄캄한 어둠의 늪이다. 이렇게도 저렇게도 할 수 없는 난감한 일에 봉착한 앞이 보이지 않는 절망을 느끼지 않을 수 없다. 하지만 삶의 바탕에는 희로애락의 수순이 있어 때로는 기쁨을 때로는 행복을 담아주는 두레박의 신비를 기다리는 굳건한 의지가 필요하게 된다. 어떤 누구도 캄캄한 절벽을 경험하지 않을 수 없는 까닭이다. 시 「도토리」가 담고 있는 메시지를 감상한다. 다섯 행이며 다섯 연으로 제시한 「도토리」의 삶은 가파른 고갯길을 숨차게 오르고서야 결실의 열매를 얻을 수 있게 된다. 그 힘겨움 뒤에 맞이하는 결실은 단단한 껍질을 열어야 하며 텁텁하고 떫은 산세를 헤매야 했다. 그렇게 '벼랑 끝 협곡을 지나 이제야 말랑해진 삶'으로 안위를 누릴 수 있는 인생길을 완주하게 되는 것이다. 인생은 무한의 노력에서 무한의 질서를 성실하게 지키는 이들로 완성된다는 시 「도토리」의 삶으로 들려주고 있다.

알 듯 모를 듯

황혜란 시집

RAINBOW | 116

알 듯 모를 듯

황혜란 시집